SI J'AVAIS UN TRICÉRATOPS...

Ruth Symons et Aleksei Bitskoff

Texte français d'Audrey Harvey

Éditions
■ SCHOLASTIC

Le tricératops était un grand dinosaure herbivore avec

Catalogage avant publication de Bibliothèque et Archives Canada

Symons, Ruth

[There's a triceratops in the tree house. Français]

     Si j'avais un tricératops... / auteure, Ruth Symons ; illustrateur,
Aleksei Bitskoff ; traductrice, Audrey Harvey.

(Si j'avais)

Traduction de : There's a triceratops in the tree house.

ISBN 978-1-4431-3238-1 (broché)

     1. Triceratops--Ouvrages pour la jeunesse.
I. Bitskoff, Aleksei, illustrateur II. Titre.
III. Titre : There's a triceratops in the tree house. Français.

QE862.O65S9614 2014   j567.915'8   C2013-904253-9

Conception graphique : Duck Egg Blue
Chef de la conception graphique : Anna Lubecka
Expert en dinosaures : Chris Jarvis

Version anglaise publiée initialement au Royaume-Uni en 2013 par QED Publishing.

Édition publiée par les Éditions Scholastic, 604, rue King Ouest, Toronto (Ontario) M5V 1E1
avec la permission de QED Publishing.

5 4 3 2 1   Imprimé en Chine CP141   13 14 15 16 17

3 grosses cornes sur la tête!

Il vivait sur Terre il y a **70 millions** d'années, bien avant l'apparition des premiers humains.

Mais imagine qu'un tricératops revienne vivre à notre époque! Comment se débrouillerait-il?

Et si le tricératops faisait partie d'une équipe de soccer?

Ses jambes robustes lui permettraient de parcourir le terrain d'un bout à l'autre.

Cependant, il pourrait **percer** le ballon de ses cornes pointues!

Avec sa corne d'un mètre de long, tout comme un bâton de hockey, le tricératops serait un joueur formidable sur la glace.

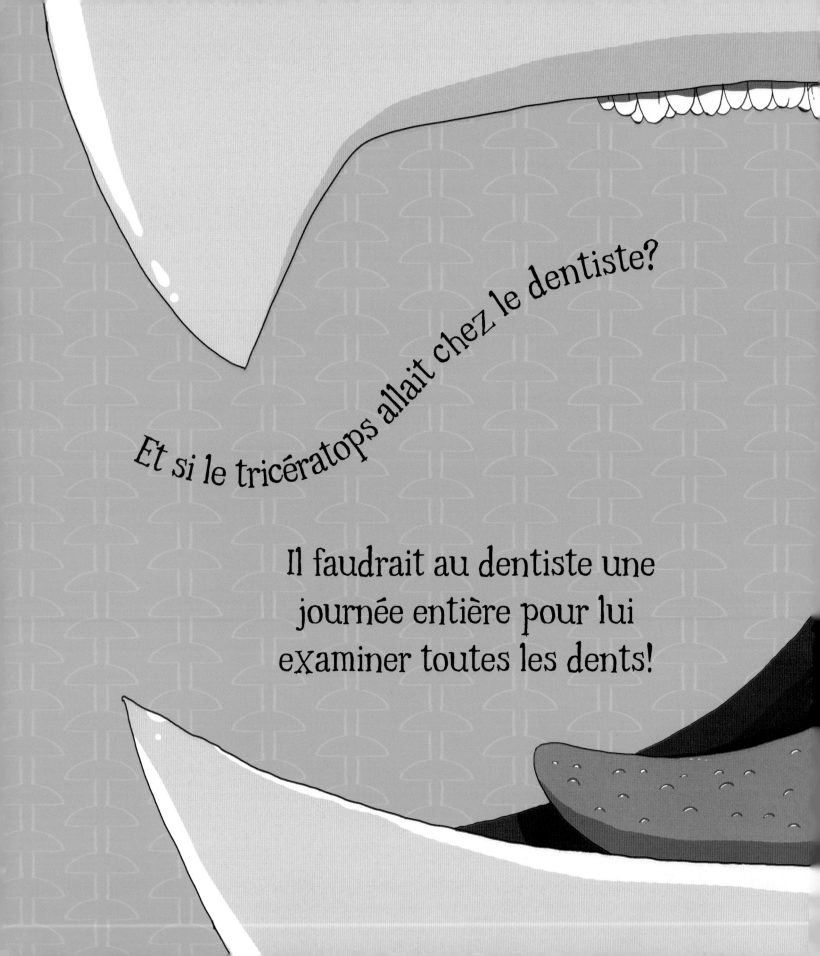

Et si le tricératops allait chez le dentiste?

Il faudrait au dentiste une journée entière pour lui examiner toutes les dents!

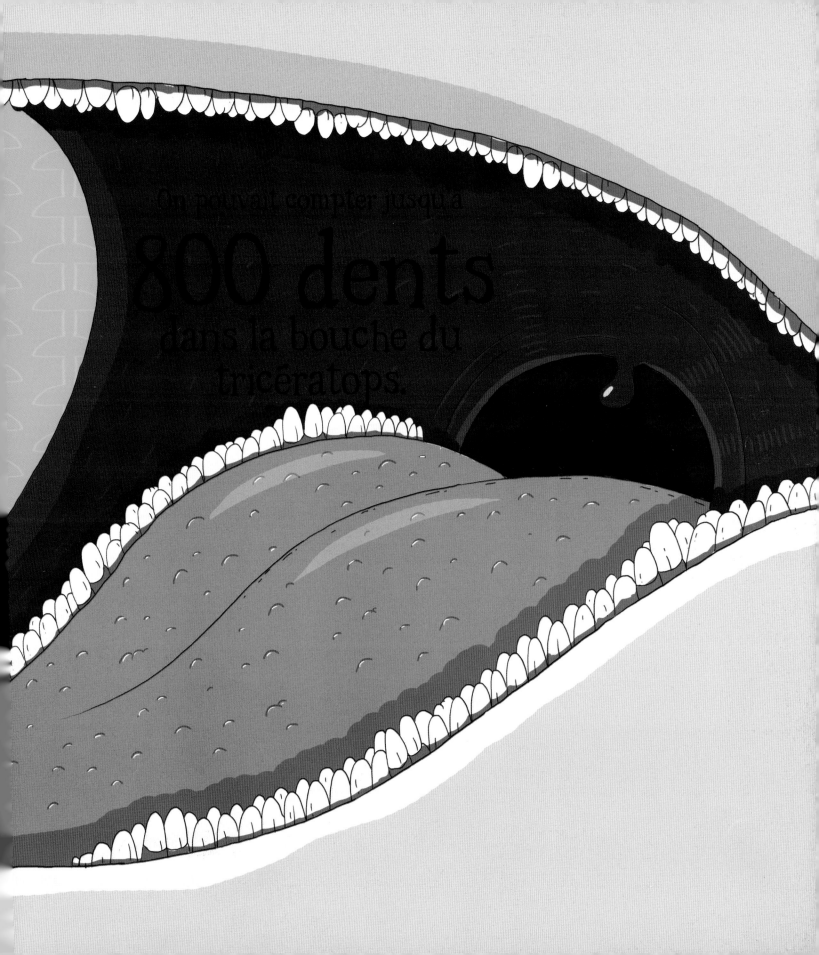

On pouvait compter jusqu'à

800 dents

dans la bouche du tricératops.

Et si le tricératops prenait le train?

Le tricératops mesurait 9 mètres; c'est
presque la taille d'une voiture de train.

Il n'y aurait pas de place pour lui parmi les passagers.

Mais il pourrait voyager dans le
wagon à marchandises!

Et si le tricératops partait en vacances?

Avec son bec aiguisé, semblable à celui d'un perroquet, il ouvrirait des noix de coco facilement pour faire des boissons délicieuses à tout le monde sur la plage!

Mais le tricératops
préférerait se régaler de
feuilles de palmier. Ses
dents tranchantes étaient
parfaites pour les couper.

Est-ce que le tricératops était plus grand que mon père?

Le tricératops était **beaucoup** plus grand que n'importe quel humain. À lui seul, son crâne était plus grand que ton père : il mesurait 2,5 mètres de long!

Le bébé tricératops était beaucoup plus petit que ses parents. Sa tête était à peine plus grosse que la tienne!

Et si le tricératops partait en excursion avec la classe?

Il aurait bien du plaisir, surtout lors d'une visite au château. Il pourrait faire semblant d'être un chevalier et participer à un tournoi!

Le tricératops n'aurait pas besoin d'armure, car sa peau épaisse servirait de protection.

Il n'aurait pas besoin d'une lance parce qu'il avait 2 grandes cornes sur la tête.

Il était plus grand que tous les chevaux!

Et si le tricératops faisait un tour de montgolfière?

Il aurait besoin d'une immense montgolfière!

Le tricératops pesait 4,5 tonnes, le même poids que celui de 200 enfants réunis!

Et si le tricératops avait trop chaud?

Les animaux se rafraîchissent
de manières différentes.
Les humains transpirent
et les chiens halètent.

Le tricératops, lui, utilisait sa
tête pour se rafraîchir.

Le sang qui allait vers la collerette osseuse transportait la chaleur loin de son corps. Un coin d'ombre ou une brise légère suffisaient à lui procurer de la fraîcheur.

Et si le tricératops venait dans ma cabane dans les arbres?

Il serait trop **gros** et trop **lourd** pour monter dans l'arbre.

Avec ses jambes robustes et ses gros pieds, il ne pourrait pas grimper à l'échelle.

Mais tout le monde pourrait descendre en glissant sur son dos!

Le squelette du tricératops

Tout ce que nous savons sur les tricératops provient des fossiles, c'est-à-dire des squelettes enfouis dans le sol depuis des milliers d'années.

Les scientifiques examinent les fossiles pour découvrir comment les dinosaures vivaient.

Alors nous savons beaucoup de choses sur les dinosaures, même si nous n'en avons jamais vu!

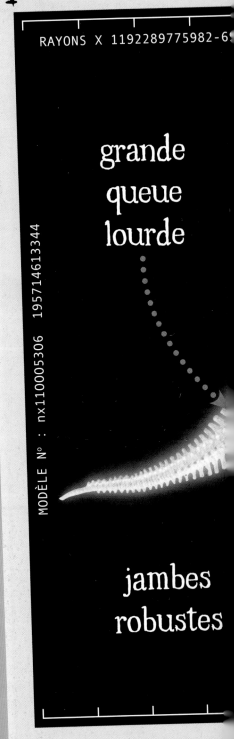

RAYONS X 1192289775982-6

MODÈLE N° : nx110005306   195714613344

grande queue lourde

jambes robustes

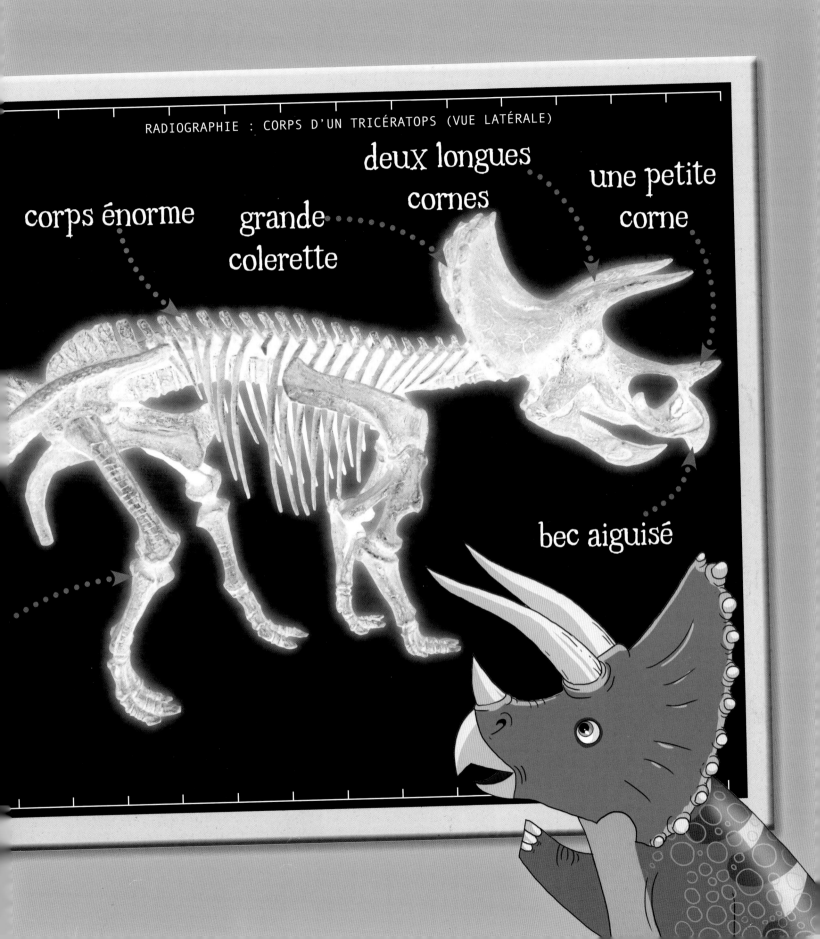

RADIOGRAPHIE : CORPS D'UN TRICÉRATOPS (VUE LATÉRALE)

deux longues cornes

une petite corne

corps énorme

grande colerette

bec aiguisé

PASSEPORT   Tricératops

SIGNIFICATION DU NOM

« TÊTE À TROIS CORNES »

POIDS 4,5 TONNES

LONGUEUR 9 MÈTRES

HAUTEUR 3 MÈTRES

HABITAT BROUSSE ET PRAIRIES

ALIMENTATION FOUGÈRES, FEUILLES

DE PALMIER ET AUTRES PLANTES

T<TRI<<TRICÉRATOPS<<<<<<<<<<<<<<632107254374523<<<<<<<<<<<<<<0032622976542501>>>>>>>>>